聖女様だった
浅舞村の忠猫の物語

文・石原礼子
画・石原法子

むかーし、むかーし、と……申しましても明治の頃に本当にあったお話でございます。

浅舞村（現・横手市平鹿町浅舞）に、それはそれはお優しい、偉い伊勢多右衛門様というお方がいたのでございます。

この伊勢多右衛門様は一八八二年（明治十五年）に浅舞八幡神社のまわりの雑草が生い茂る、しかも野鼠やどくろ(とぐろ)を巻いた蛇の多い原野を買って一生懸命に耕して、松・梅・桜を植えて、それはそれはお美しいお庭をお造りになられたのでございます。

これが今の浅舞公園でございます。

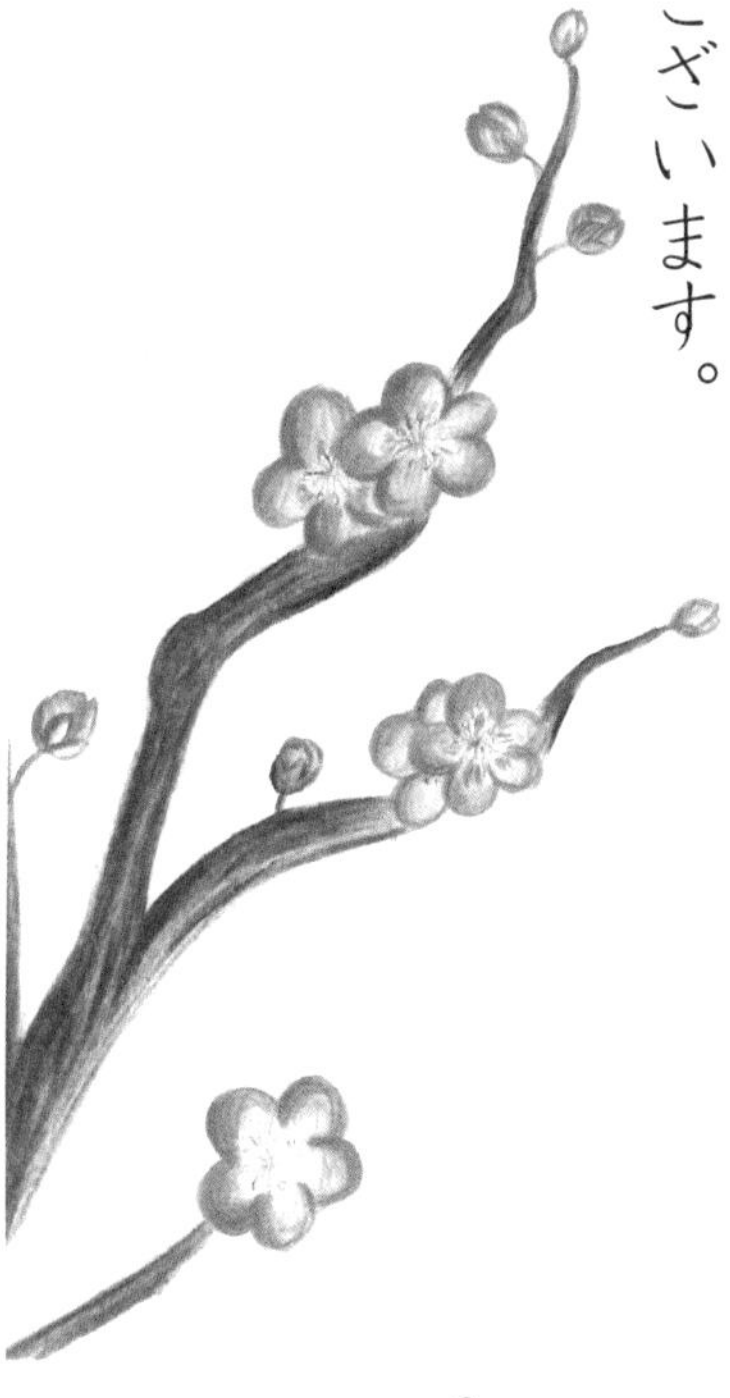

このお美しい浅舞公園には伊勢多右衛門様の大きな大きな庵（内蔵）がございました。

この大きな庵（内蔵）で伊勢多右衛門様のお嬢様、キク様が養蚕と機織を浅舞村の女の子達にお教えしていたのでございます。

又、浅舞公園周辺は湧き水がこんこんと湧き出る所でございましたので、染色工芸にも適しており、天皇様に献上する程の浅舞染めもお教えしていたのでございます。
更に、裁縫もお教えしていたのでございます。

ところが
「むむむー」
「なんとしたらいいべなぁー」（なんとしたらいいかなぁー）

と大変大変お困りになる事が起きたのでございます。

元々、浅舞公園周辺は原野であった為、野鼠やどくろ（とぐろ）を巻いた蛇が多いので、それはそれはキク様達は野鼠や蛇の害で苦しんでおられたのでございます。

野鼠や蛇達は

「ガリガリ」

「パクパク」

「ゴクン、ゴクン」

「うめなやぁー、うめなやぁー」（おいしいなあ、おいしいなぁー）

「はら、いっぺ食うべなー（おなかいっぱい食べようー）

「やめられねなー」（やめられないねー）

と、更に害が一層激しくなっていったのでございます。

浅舞公園に植えた樹木、美しく咲いたお花、子ども達や貧しい方々をお救いするための感恩講の米倉にまで入って、大切な大切なお米を食い荒らし始めたのでございました。

「ほんどに、なじしたらいべなぁー（本当に、どうしたらいいのかなあー）、キクよ」

と、伊勢多右衛門様、キク様、浅舞村の人々が困っておりましたところ、お裁縫をお教えしていた高久奈保先生が、何んと何んと浅舞村の大切なお医者様である佐波賢治先生から野鼠、蛇退治と、心のお慰めにと一八九五年（明治二八年）五月三日にお生まれになった、それはそれは可愛い子猫様（女性）を八月十日に頂いたのでございます。

「あやー、めんこいネコッ子だごど。めんぶがねんしなー、（まあ、かわいい子ネコね。申し訳ないですね）先生、いただいていぐんしなー（いただいていきますすね）」

先生は

「どうぞどうぞ、めんこがってけれなー（かわいがってね）」と……。

大層お喜びになった高久奈保先生は、その子猫様をそれはそれは我子の様に真心を込めてお優しくお優しく、そして大切に大切にお育てになりました。

この子猫様は高久奈保先生の所へ来て、まもなく野鼠を捕ったそうでございます。

また、子猫様のご性格はそれはとてもとてもお優しく、おとなしく、よーく人になつく子猫様だったそうでございます。

「ゴロゴロ、ニャーオー、ゴロゴロ、ニャーオー」

と……。

子猫様を大切にお育てした高久奈保先生は一八九七年（明治三十年）お裁縫の先生をお辞めになり、この後、本多先生が二才になられた猫様をお育てしたのでございます。

猫様はお困りになっている伊勢多右衛門様、キク様、高久奈保先生、本多先生、浅舞村の人々を「命を賭けてお救いしなければ」と……。

するとどうしたことでしょう。

猫様のお姿は「神様」、「仏様」のお姿となり、日中は伊勢多右衛門様の庵（内蔵）を中心に浅舞公園内の野鼠や蛇を退治され、夜は伊勢多右衛門様の本宅に戻り米倉を回って米を食い荒らす野鼠を追い払ったのでございます。

浅舞村の人々は猫様が野鼠、蛇を退治しているお姿はまるで「命の番人」の様だったと……

やがて「命の番人」によって野鼠や蛇はいなくなり、こうして浅舞村の人々のお命をつなぐお米は守られ、浅舞公園も人々の憩う場になっていったのでございます。それればかりか浅舞染めは堅くて、丈夫で、しかも色彩豊かで香りも良く、虫よけにも役立つと高く高く評価され天皇様にご献上されるまでに

なったのでございます。全て「命の番人」猫様のお
陰でございました。

猫様は生涯一度もご結婚する事もなく「聖女様」
そのものであったと浅舞村の人々に言い伝えられて
いるのでございます。
そう、猫様は神様、仏様がつかわした「聖女様」
だったのでございます。

「聖女様」である猫様が天国に召されるまで、野鼠、蛇を退治され、今日の浅舞をお造りになられ、お美しい浅舞公園もお造りし、浅舞染めはじめ、様々な浅舞村の文化に貢献し浅舞村の多くの人々のお命をお救い続け、そして、一九〇七年（明治四〇年）二月十五日十三才で聖女猫様はお安らかにお安らかにこの世を去っていかれたのでございます。

「聖女ねこ様――」

聖女猫様のお姿をいつもご覧になっておりました伊勢多右衛門様は「猫明神様」として、総持寺の位の高いお坊様に、男鹿の寒風山から運んでこられた石に聖女猫様のお姿を刻まれ、更に「忠猫」という文字を刻まれたのでございます。

そして浅舞公園の山の上斜面一角に松を植えられ、その場所に聖女猫様の「塚」をご立派に手厚くお造りになられたのでございます。

今も尚、聖女猫様の「忠猫碑」は浅舞公園の山の上で浅舞の人々に大切に大切にお守りされているのでございます。

そして、あやめ、桜、山つつじ等々咲くお美しい浅舞公園の山の上で、いつも聖女猫様は野鼠、蛇を退治され、人々を優しく優しく温かく見守っておられるのでございます。

「聖女ねこさま――」

我息子　シフォンよ――

そうそう、これはロシア、ウクライナ戦直前のことでございました。

それは、二〇〇七年八月二十八日生れ二〇二二年二月十九日十六時　亡くなった我家の大切な大切な宝物の息子、愛犬シフォンのことでございます。

シフォンは目はくりくり、真白い美しい毛並みの可愛らしい顔したチワワでしたのよ。

シフォンは地域の命の番犬でもございました。

そして、「足るを知り」「律儀」で「家族思い」は
大変なものでございました。

シフォンがこの世に生をうけ私達に教えて導いて
下さった事がありました。

それは地球上の生きとし生けるもの「万物霊長」
全てを大切に〈「慈しむ心」と「心の平安と平和」
を教えてくれたのでございます。

そして、この世を去る時、目にいっぱいの涙をため、私達に「ありがとうございました」と「感謝」の気持ちをいっぱい表し、静かに〳〵に私達の腕の中で、去っていかれたのでございます。

我息子　シフォンよ――

聖女様だった浅舞村の忠猫の物語

二〇二四年三月三日

著　者　石原礼子

挿　絵　石原法子

印刷製本　有限会社イズミヤ印刷
秋田県横手市十文字町梨木字家東二
電話　〇一八二（四二）二一三〇
FAX　〇一八二（四二）三〇〇一
HP:https://izumiya-p.com/
□:izumiya@izumiya-p.com

ISBN978-4-904374-52-8